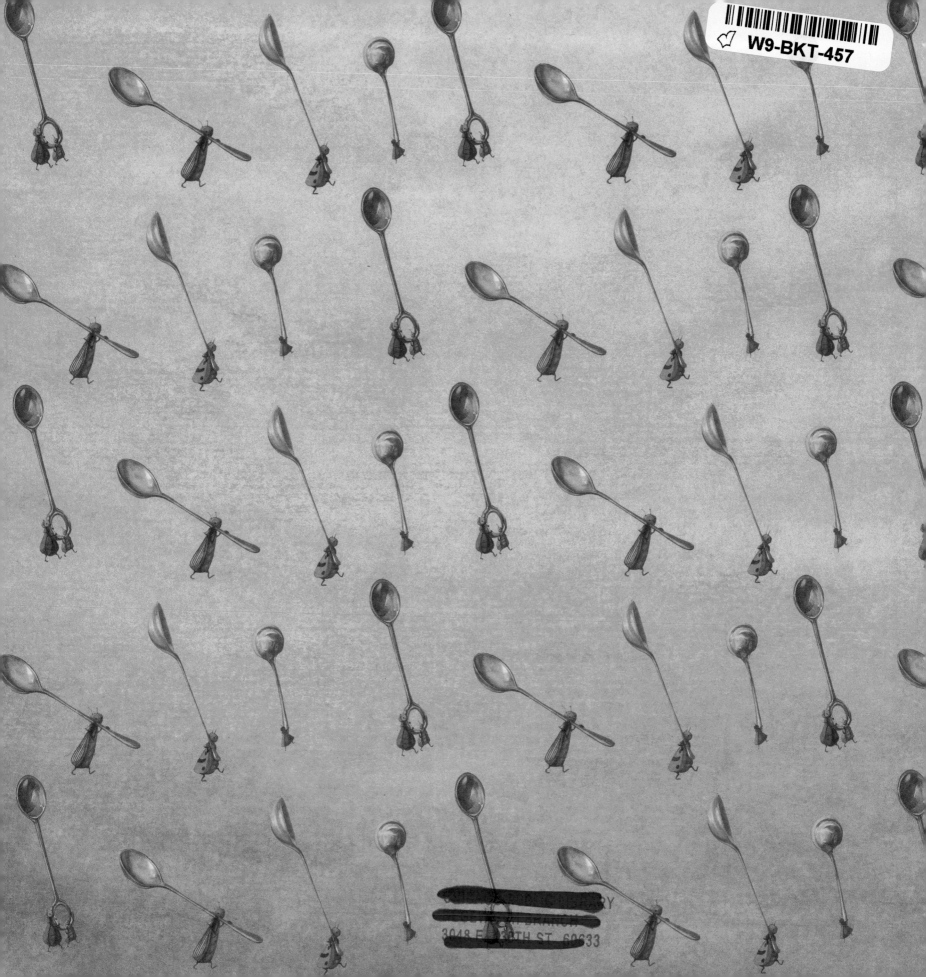

¡Deliciosa!

Para Pandora y Laura
y Greg,
con quienes
he compartido tantas
comidas

DEDICATORIA

Annie Eaton
Ian Butterworth

INGREDIENTES SECRETOS

© Helen Cooper, 2006

Edición original publicada por Doubleday Book
una división de Random House Children's Books

Traducción castellana: Raquel Solà

Primera edición, 2006

ISBN 84-261-3550-1 / ISBN 13: 978-84-261-3550-6

Núm de edición de E. J.: 10.826

Título original: DELICIOUS!
© EDITORIAL JUVENTUD, S. A. 2006
Provença, 101 - 08029 Barcelona
info@editorialjuventud.es
www.editorialjuventud.es

Printed in China

¡Deliciosa!

Helen Cooper

Editorial Juventud

En el fondo del bosque, en la vieja cabaña blanca,
hacía rato que tenían que estar cocinando.
Ya era hora de almorzar,
la hora de comer algo.

Pero en el jardín, se oían susurros
y correteos y un poco de follón.
Era el ruido que hacían allí fuera
un Pato
una Ardilla
y un Gato,
buscando una calabaza en la calabacera.

No había ninguna que estuviese madura.

La sopa de calabaza
era lo único que les gustaba,
lo único que se cocinaba en la vieja cabaña blanca.
Pero finalmente tuvieron que tomar una decisión:
—Hoy tendremos que prepararnos algo diferente.

Regresaron a la cabaña,
y el Gato bajó de la estantería
un libro viejo de páginas amarillas.
Tuvieron que soplar para quitarle las telarañas,
y, mientras pasaban las páginas,
pensaban qué otra cosa podrían cocinar.

–Sopa de pescado –dijo el Gato–. ¡Parece **exquisita**!
–¡Nutritiva! –dijo la Ardilla.
–¿Deliciosa? –dijo el Pato.

Así que fueron a pescar,
y aquella tarde
el Pato pescó cuatro pececitos.

La Ardilla sólo pescó un resfriado.

Pero el Gato pescó
veinticuatro truchas
muy hermosas y volvieron
a la vieja cabaña blanca.

INGREDIENTES

CORTAR

REMOVER

PESAR

El Gato cortó el pescado
y lo echó en la olla.
La Ardilla la removió,
y el pato añadió una pizca de sal
y un poco de pimienta,
y lo echó en la sopa.

—¡Exquisita! —dijo el Gato.
—¿Nutritiva? —dijo la Ardilla.

SALPIMENTAR
Y COCER

Pero el Pato miró la sopa, y al olisquearla...

¡PUAG!

exclamó. Y no quiso ni probarla.

Sopa de pescado.

¿La mejor que jamás habéis probado?

Tuvieron que tirar casi toda la sopa.

Volvieron a mirar su libro de recetas

y se preguntaban qué más podían cocinar.

–**Sopa de setas** –dijo la Ardilla–.
¡Parece **exquisita!**

–**¡Nutritiva!** –dijo el Gato.
–¿**Deliciosa?** –dijo el Pato.

Fig II

Agaricus campestris

Fig I

Fig III

Fig IV

Fig V

Así que los tres salieron a buscar setas.

Pronto, el Pato encontró una seta venenosa.

El Gato encontró algo peor.

Pero la Ardilla encontró un montón de setas.
Y las llevaron a la vieja cabaña blanca.

Sopa de setas.
¿Creéis que tendrán que tirarla?
Llegó el momento de probar la sopa de setas.

–¡Exquisita! –exclamó la Ardilla.
–¿Nutritiva? –dijo el Gato.
Pero el Pato miró la sopa, y al olisquearla...

¡PUAG!

exclamó. Y no quiso ni probarla.

Se fue a la cama
muerto de hambre y con dolor de barriga,
y soñó con sopa de arañas.

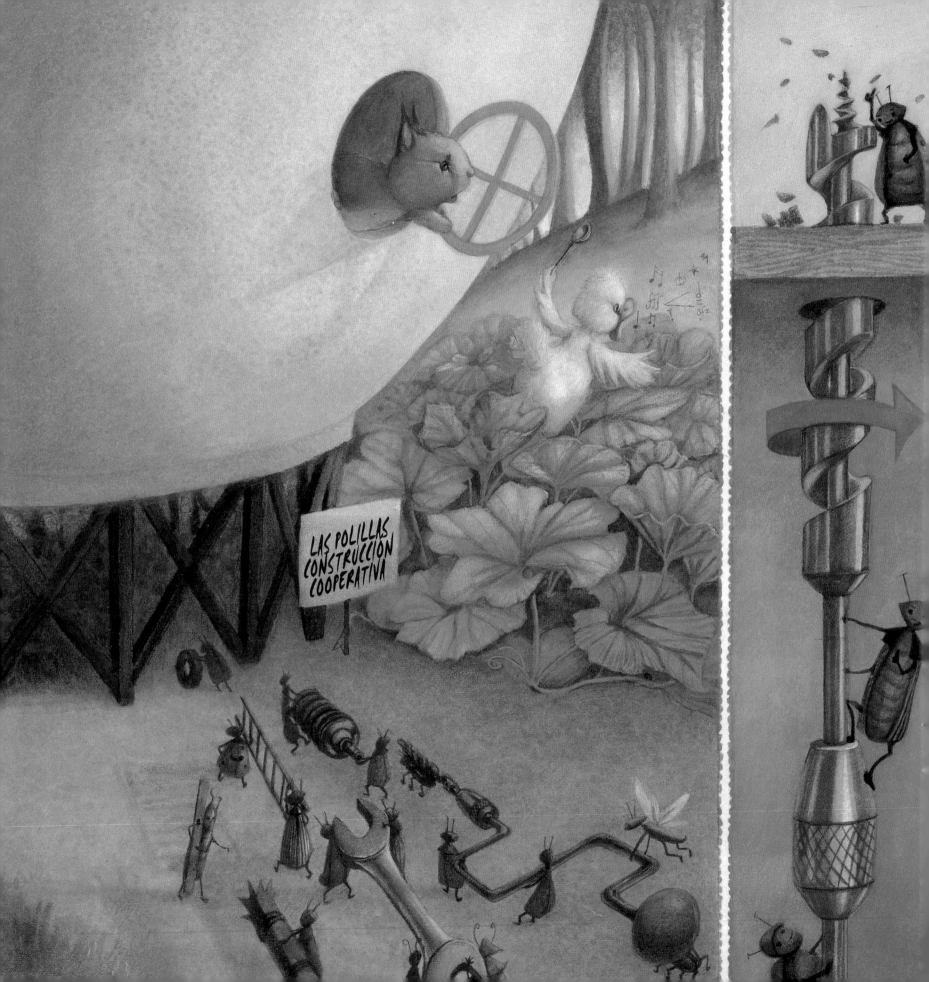

LAS POLILLAS
CONSTRUCCIÓN
COOPERATIVA

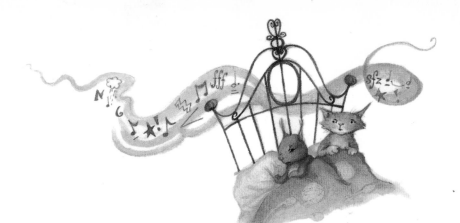

El Gato y la Ardilla se despertaron al amanecer.
No había quien durmiera en la vieja cabaña blanca.
El Pato estaba fuera mirando
si había madurado alguna calabaza.

—Sólo quiero Sopa de Calabaza —refunfuñaba,
y su barriguita hambrienta protestaba,
y empezó a llorar.

El Gato recordó que era día de mercado.
—Tal vez podamos comprar una calabaza —dijo.

—¡Vamos! —graznó el Pato y echó a correr delante de ellos con el cesto.

LAS POLILLAS
CONSTRUCCIÓN
COOPERATIVA

Ya en la cabaña,
el Gato peló la remolacha
y la cortó a trozos
y la echó en la olla,
mientras la Ardilla la removía.
¡Y parecía muy buena!
El Pato no les ayudó.
Estaba en la cama porque le dolía la cabeza.

Esto es lo que pasa si no comes.

Sopa de remolacha.
La mejor que jamás habéis probado.
Preparada por el Gato y la Ardilla
para el Pato,
que la miró y dijo...

¡Listos para la sopa!

¡Listos!

–Yo no quiero comer esto. ¡Es de color lila!

¡Te mereces pasar hambre!

–le riñó la Ardilla.

–Pero si yo sólo quiero sopa de calabaza
–lloriqueó el Pato–.

¡Y esta sopa es de color lila!

Y entonces hubo un gran jaleo.
Una pelea terrible,
un gran alboroto en la vieja cabaña blanca.

–Le engañaré –murmuró el Gato.

Mientras el Pato y la Ardilla se bañaban,
se fue sin que lo vieran
de nuevo al mercado.
Esta vez compró calabacines amarillos,
los tomates más maduros
que encontró
y zanahorias
y maíz.

Cuando nadie lo veía, lo peló todo,

lo cortó a trozos

y lo hizo picadillo

y lo cortó a dados

y lo aplastó

y lo echó

dentro de la olla.

«Esto tendría que tener, exactamente,
el color de la sopa de calabaza», se dijo.

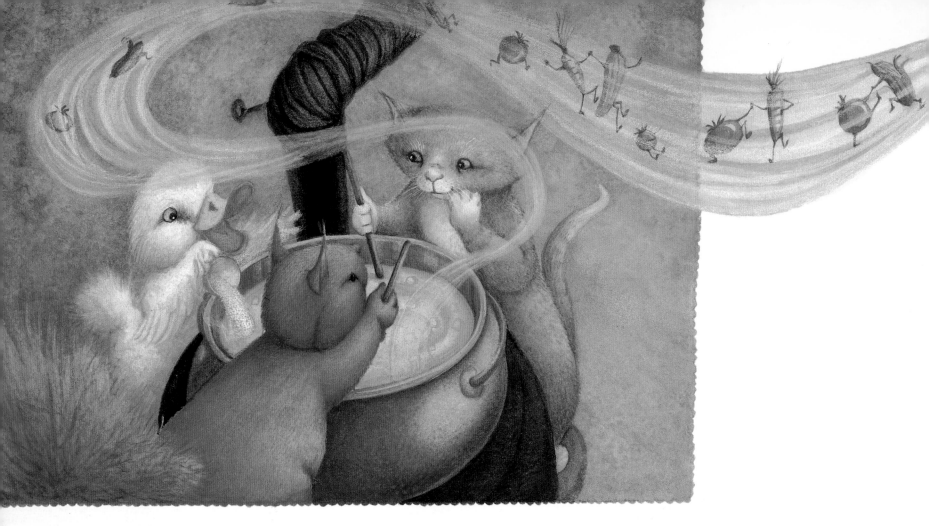

El Pato miró atentamente dentro de la olla.

–¡Esto parece sopa de calabaza! –dijo.

Corrió a buscar una pizca de sal y un poquito de pimienta

y echó la cantidad precisa en la sopa,

mientras la Ardilla la removía.

Los tres la removieron,
y pronto llegó el momento de sorber la sopa.

–¿**Exquisita?** –dijo el Gato.

–¿**Nutritiva?** –dijo la Ardilla.

El Pato hambriento la miró otra vez.
Olisqueó la sopa con desconfianza
y graznó:
–**Esto no es sopa de calabaza . . .**

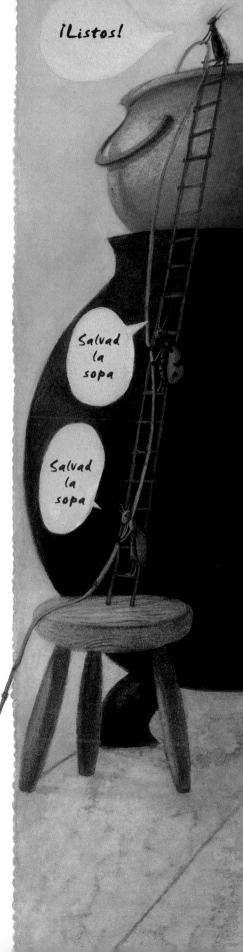

. . . Pero es la mejor sopa que he probado. ¡Vamos a comernos la olla entera!
¡?
¡Salvada! ¡Ya es nuestra!

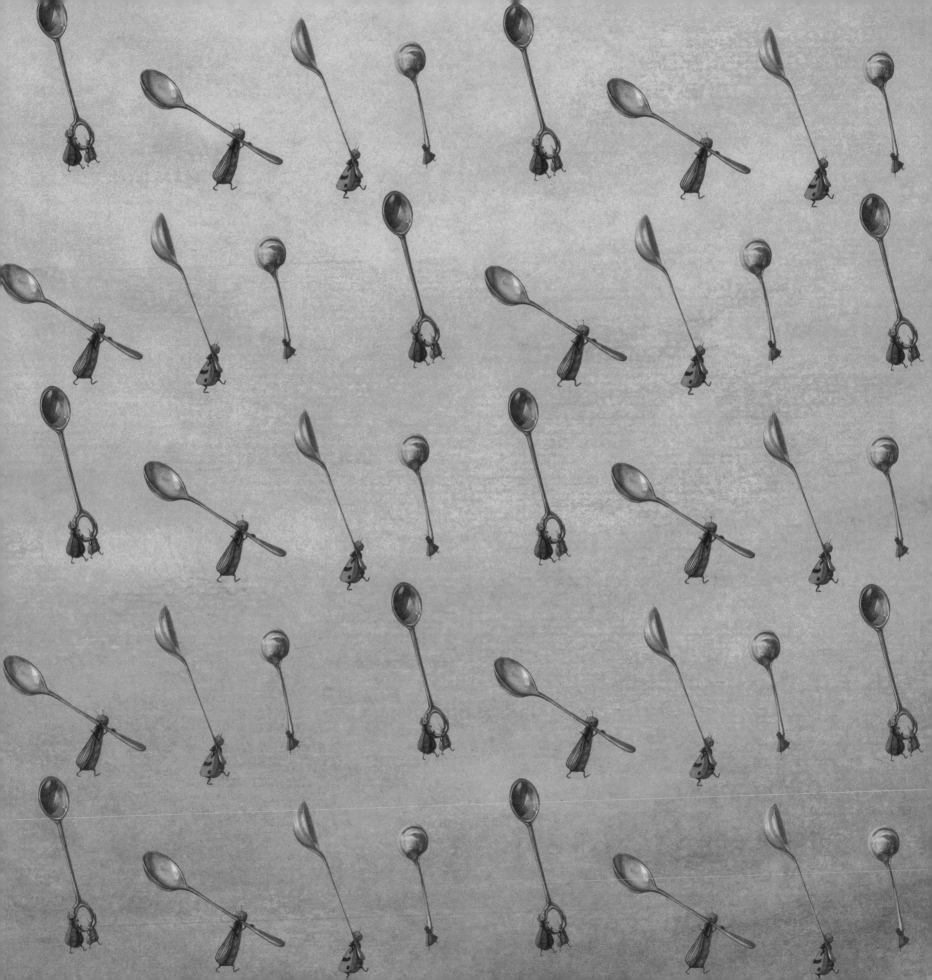